Comte Roger du BOBERIL

Remarques

sur

le Discours

d'Altenbourg

RENNES

IMPRIMERIE BREVETÉE FRANCIS SIMON

—

MDCCCCIV

REMARQUES

SUR LE

DISCOURS D'ALTENBOURG

Comte Roger du Boberil

REMARQUES

SUR LE

Discours d'Altenbourg

RENNES

IMPRIMERIE BREVETÉE FRANCIS SIMON

MDCCCCIV

REMARQUES

SUR LE

Discours d'Altenbourg

A présente note contient quelques remarques suggérées par la lecture du discours d'Altenbourg prononcé par M. le docteur Haeckel, professeur à l'Université d'Iéna. Je n'ai pas voulu l'intituler Réponse, parce que je n'en sais pas assez pour répondre à un homme qui joint aux dons les plus rares de la nature une culture intellectuelle plus rare encore. En ce qui concerne l'appréciation des œuvres des hommes remarquables, j'ai adopté le mode de raisonner d'Herschell. J'ai trouvé là un encouragement à adopter une manière de voir différente de celle qu'il a sanctionnée par son approbation et à développer des idées qu'il a déjà mentionnées, mais auxquelles je me suis trouvé conduit par des circonstances indépendantes. Tout indique dans la manière dont il traite un sujet que ses idées sont exposées et développées plutôt comme des suggestions que comme des théories. — Cette puissance de discuter tous les arguments, comme le fait remarquer éloquemment Proctor, à qui j'emprunte ces lignes, sans égard pour aucune opinion préconçue d'indiquer les théories que peuvent suggérer certaines considérations et certains rapprochements et de faire connaître en même temps toutes les raisons qui peuvent faire abandonner ces théories même peut-être considérées comme un caractère de famille chez les Herschell, il serait à souhaiter pour les progrès de la science que de pareilles qualités ne fussent pas aussi rares qu'elles le sont réellement. En discutant avec une parfaite liberté les idées d'un homme remarquable dont j'ai lu et relu les ouvrages avec un plaisir et un profit toujours croissants, je crois agir de la manière la plus convenable et la plus respectueuse. Ce ne serait pas un compliment, mais plutôt une insulte à adresser à nos grands hommes que de présenter une objection à leurs idées dans des termes qui laisseraient supposer qu'on prise plus leurs opinions que la vérité.

Il n'y a pas d'homme de science, si éminent qu'il soit, qui n'ait adopté des idées erronées (¹).

Et dans la nature des choses, il doit en être ainsi. A des hommes de la valeur de Lagrange, de Cauchy, d'Herschell, de Secchi, d'Airy, la prétention d'être toujours dans le vrai paraîtra d'une absurdité manifeste. Il est certain qu'à mesure que les faits s'accumulent, les idées de nos grands hommes se -

(1) Les équations de Lagrange sont mises en défaut par la roue de Barlow.

modifient en tout ou en partie, car la science est progressive et non stationnaire.

Que, dans ces circonstances, on regarde comme une offense d'opposer un contingent de vérités nouvelles à des opinions acceptées jusque-là d'après des données incomplètes, surtout quand on le fait de la manière la plus simple et la plus droite, voilà qui me paraît ridicule. Je suis certain que nos grands hommes n'auraient aucune raison de remercier ceux qui parleraient d'eux comme si leur renommée était une plante tellement tendre et délicate, que le souffle de la libre discussion suffirait à la flétrir.

On pourrait aussi supposer qu'il est possible de présenter des idées nouvelles sans mentionner celles des autres, telle pourrait être l'opinion de ceux qui n'ont jamais eu l'occasion d'émettre d'idées nouvelles. L'expérience enseigne bien vite le contraire. Non seulement il paraît inconvenant de présenter des idées nouvelles sans mentionner les opinions contraires formulées par des autorités éminentes, mais encore il se trouverait de nombreux lecteurs pour croire que ces idées nouvelles ne sont que le résultat de l'ignorance de l'auteur relativement aux opinions différentes adoptées par telle ou telle autorité.

Si je donne des conseils aux autres, j'en prends une bonne part, et je reconnais volontiers que si je dis quelque chose de bien, c'est par hasard, autre disposition des termes. Le peu que je sais, je le dois aux hommes éminents qui ont charmé ma jeunesse et envers qui j'ai contracté une dette que je ne pourrai jamais éteindre : Pascal et Châteaubriand, Draper et Maudsley, Euler et Cauchy, Secchi et Proctor, ont droit à ma reconnaissance et ne périront jamais dans ma mémoire.

Le fond du discours est le développement du monisme.

Les remarques du savant professeur dénotent une grande puissance d'analogie, une imagination féconde, mais j'estime qu'il généralise trop.

Ainsi il attribue aux animaux la religion et la raison, c'est au moins douteux. Je ne dénie pas à l'animal certaines qualités, comme amour maternel, amour de son maître chez le chien, mais ces qualités ne s'élèvent jamais jusqu'à la raison. L'instinct de l'animal est stationnaire : depuis le temps où Aristote étudiait les abeilles et connaissait même leur parthénogénèse, ces intéressants animaux construisent leur ruche de la même façon, leur instinct est donc demeuré stationnaire. La raison de l'homme est progressive, qu'on consulte à ce sujet les traditions de l'histoire.

L'anatomie comparée ne nous a pas encore expliqué le langage. Les attaques du docteur Haeckel contre la Bible ne prouvent que son ignorance ; avant de parler il devrait consulter ceux qui l'ont précédé ; s'il l'avait fait, il saurait que la Bible n'est qu'un guide moral et non un guide scientifique. Si le docteur

Haeckel connaissait l'histoire, il saurait que l'idée géocentrique détrônée par Copernic avait remplacé l'idée héliocentrique de Pythagore.

Par conséquent, les modernes n'ont fait aucune découverte, ils n'ont fait que recourir à une théorie ancienne. La remarque du professeur d'Iéna, qui consiste à dire que chaque progrès dans la connaissance de la nature est un rapprochement du monisme, a du vrai, mais n'est pas entièrement vraie. La grande découverte de la conservation de l'énergie ne suffit pas à expliquer tous les faits et est un acheminement à une idée générale. Ces considérations conduisent à des recherches sur l'espace et l'atome, recherches très philosophiques et très hypothétiques.

L'espace limité qu'un corps occupe n'est pas un être qui subsiste indépendamment de ce corps, mais c'est l'existence du corps qui réalise cet espace et le rend sensible.

Il est possible que les atomes, qui sont les véritables êtres simples dont la matière se compose, n'aient pas d'étendue.

En dernière analyse, comment trouver un morceau de matière qui n'aurait pas de composants? Il est vrai, je réponds que la divisibilité de la matière a un terme et que le dernier atome doit être forcément inétendu.

Une molécule intégrante renfermant plusieurs atomes inétendus obéissant à leurs lois d'attraction et de répulsion offrira des dimensions déterminées quoique très petites. Ces dimensions des diverses molécules entreront comme éléments dans les dimensions sensibles que nous offriront les différents corps (CAUCHY, *Phys. générale*).

Malgré toutes les affirmations de la science, nous ne connaîtrons jamais la nature intime des êtres, parce que nous ne connaissons que des sensations ou impressions transmises au centre nerveux qui juge une impression, c'est tout.

Nous ne connaîtrons jamais que les attributs des corps, attributs rendus sensibles par certaines qualités comme la forme, la couleur. Les espaces finis occupés par ces corps ou leurs volumes, les surfaces planes ou courbes qui servent de limite à ces volumes, les lignes qui servent de limite à ces surfaces et les points qui servent de limite à ces lignes sont les attributs visuels de ces corps.

Ces attributs ne sont concevables que dans l'espace, Or l'espace que remplit l'univers ne pourrait pas être créé par le néant, il s'ensuit qu'il fut complètement réalisé dès l'instant où l'auteur des choses créa l'univers. L'écrivain sacré a donc raison de nous montrer la lumière éclairant le chaos à l'aurore de la création, cette poétique image est une réalité scientifique,

Tant qu'à la nature de l'éther, la science l'ignore complètement. On savait cependant au commencement du XIXe siècle que la densité de l'éther était partout la même et on disait également (CAUCHY, *Physique générale. Leçons du Collège de France*), que le volume terminé par une enveloppe quelconque avait pour mesure le nombre d'atomes d'éther compris dans la même enveloppe. La belle découverte de Hertz est la conséquence des immortels travaux de Fresnel, de Faraday, de Cauchy et de Secchi, en établissant que la lumière et la chaleur, l'électricité et le magnétisme sont les manifestations d'un même groupe de forces et résultent des vibrations transversales de l'éther. Cette belle découverte, faite en 1888, semble naturelle quand on a étudié les travaux des physiciens de la première moitié du XIXe siècle.

C'est une généralisation de la théorie de Huygens qui suppose que l'éther est un fluide constamment en mouvement et remplissant l'espace; en conséquence, il nous fait considérer la sensation lumineuse comme

produite par la propagation du mouvement dans un éther composé d'atomes qui n'auraient pas d'étendue et qui agiraient les uns sur les autres à de très petites distances. L'éther transmet la lumière comme l'air transmet le son.

Au point de vue général, les découvertes se tiennent et forment une chaîne dont chaque homme de science forme un anneau.

Les phénomènes divers que nous observons dérivent de l'activité solaire. C'est le soleil qui est la source de la vie sur notre globe[1].

Les variations undécennales de ses taches, comme le fait très bien remarquer Secchi, et

(1) Le flux d'énergie de la lumière solaire a été calculé (Neculcea).

de ses protubérances prouvent qu'il n'a pas
une activité constante. Il paraît démontré
que la périodicité des taches marche d'accord
avec le magnétisme terrestre, et comme
celle-ci semble dépendre des variations ther-
miques du globe, il est évident que notre
soleil est variable dans sa lumière et dans sa
chaleur. Chaleur et lumière résultats d'une
même cause.

On peut constater en passant que les progrès de la science ne sont pas toujours un
acheminement à l'unité : ainsi on constate
qu'il y a une autre force indépendante de la
gravité qui part du soleil et se répand dans
l'espace (Secchi).

La transmission de l'énergie a lieu par
l'intermédiaire de l'éther, dont les vibrations

constituent la chaleur rayonnante et dont les différences de densité produisent les attractions, les phénomènes électriques et magnétiques. Cet éther qui donne l'unité à l'univers, cet éther dont nous ne connaissons pas les rapports avec la molécule, est qualifié par un penseur éminent de substratum ultime de la matière (Bourdeau). Crookes, dans sa *Genèse des éléments*, donne à la substance primitive le nom de protyle. Si on le distingue de l'éther, comment s'établissent leurs rapports ? L'éther a-t-il engendré cette masse pondérable ?

Nous l'ignorons, nous savons seulement que l'éther remplit l'espace, qu'il est constamment en vibration, et que partout dans ledit espace règne une activité prodigieuse.

Là où nous croyons le repos, règne un mouvement dont nous n'avons pas idée, que l'astronome nous fait entrevoir. Cette science élargit nos idées, redresse nos jugements. Ainsi nous nous figurons que tous les corps célestes ont une forme circulaire. C'est faux, les formes spirales sont plus fréquentes qu'on ne le croit, ces formes sont l'indice d'une force centrale attractive combinée avec une force tangentielle dont le résultat sera la construction d'un astre définitif. Au point de vue du mouvement, la nécessité même d'une grande masse centrale n'est pas absolue, on peut obtenir la régularité des mouvements au moyen de systèmes annulaires ou d'autres combinaisons dépourvues de corps central, comme le montrent les nébuleuses, ou même par des systèmes en spirale voués à d'autres fins que les circulations perpétuelles dans des orbites absolument fermées.

L'activité cosmique repose sur la différence d'énergie de différentes régions, et depuis une durée illimitée cette énergie tendant constamment à se niveler, aurait déjà atteint l'équilibre, tout phénomène cosmique serait devenu impossible (Secchi).

L'équilibre ne sera jamais atteint, parce qu'il y a constamment de nouveaux corps en formation ou en dissolution, et c'est cette différence d'énergie qu'on appelle activité cosmique.

Ces considérations font voir qu'une seule science ne peut pas revendiquer pour elle

seule la possession de la vérité, c'est de la
comparaison de plusieurs que ressort une
approximation plus grande.

La science des sciences, la mathématique,
ne nous donne que des approximations
(Klein). L'ensemble des mathématiques,
qu'on peut employer dans une science, est
proportionnel au degré de rigueur qu'on
peut obtenir dans cette science. Ainsi, tandis
que l'astronome [1] peut avantageusement
avoir recours à un domaine étendu de la
théorie mathématique, le chimiste ne fait
que commencer à employer la dérivée première, c'est-à-dire le taux de l'accroissement

---

[1] L'astronomie a des rapports intimes avec les mathématiques, car on peut y employer avec avantage des fonctions
d'ordre supérieur aux transcendantes élémentaires.

avec lequel ont lieu certains processus. Jusqu'ici il semble n'avoir trouvé aucun emploi pour les dérivées secondes.

Quand l'astronome dit que les périodes de deux planètes doivent être exactement commensurables entre elles, pour que l'on puisse admettre la possibilité d'une collision, cette affirmation n'est légitime qu'au point de vue abstrait, c'est-à-dire pour les centres mathématiques de deux planètes ; on ne doit pas oublier aussi que les notions de période et de masse varient constamment. Nous n'avons aucun moyen pour reconnaître si deux grandeurs astronomiques sont incommensurables entre elles ou non, nous pouvons seulement nous demander si leur rapport peut être exprimé approximativement par deux petits nombres entiers. On s'en tient aux fonctions analytiques par la raison qu'elles fournissent un degré suffisant d'approximation [1] .

Je constate que la supériorité des connaissances techniques est quelquefois détruite par l'infériorité des idées générales.

Je conçois fort bien que le savant professeur d'Iéna attribue la priorité à sa science de prédilection, cette manie prend naissance dans les replis les plus cachés de la nature humaine et se comprend, mais ce n'est pas un critérium de vérité. Le savant professeur

(1) Nous avons le théorème de Weicerstrass que l'on peut obtenir approximativement toute fonction continue, et cela avec un degré d'approximation prescrit au moyen d'une fonction analytique (Klein).

est un observateur très fin, mais très étroit de l'humanité, il ressemble au voyageur qui s'imagine, en voyant l'Apollon du Belvédère, avoir devant lui la reproduction exacte du genre humain.

Aussi quel n'est pas son étonnement en voyant dans la rue d'autres visages moins parfaits.

L'homme, si simple qu'il paraisse, est une énigme qu'on ne parviendra jamais à résoudre.

Il est dominé par une inflexible destinée contre laquelle rien ne peut prévaloir.

Si vie peut se résoudre en une formule qui renferme des constantes et des variables, nous obtiendrons des résultats différents en assignant aux variables des valeurs différentes, mais tous ces résultats resteront dans la même formule.

La croyance à un dogme qui choque tant de gens, n'offense que les demi-savants, qui confondent la science et la superstition.

Quand Leibnitz parle de Dieu et du miracle déposé en germe au moment de la création et se développant suivant ses propres lois, je ne vois pas en quoi une pareille affirmation choque la raison, qui est forcée tous les jours d'admettre des choses qu'elle ne comprend pas.

L'orgueil humain ne connaît pas de limite, il devrait savoir que le développement de l'intelligence humaine est fonction de l'évolution des siècles et de la permission de celui qui, comme la poussière, a semé les mondes dans l'espace.

La croyance à un Dieu créateur et ordonnateur ne rabaisse pas l'homme. Des intelligences de premier ordre, Descartes et Pascal, Newton et Leibnitz, Euler et Cauchy y ont cru et avaient raison d'y croire.

A propos de ce dernier, je me permets de citer un extrait de ses leçons de physique générale où il parle de l'immortalité, bien différent des professeurs d'aujourd'hui, qui n'ont pas le courage d'avoir une opinion différente de celle du pouvoir.

« Concevons, pour fixer les idées, qu'il fût donné à l'homme de prolonger indéfiniment son existence sur le globe : il est vrai que le nombre des jours, des années et des siècles

propres à mesurer la durée de cette existence croîtrait sans cesse, mais il est également vrai qu'à une époque quelconque on
pourrait toujours exprimer en chiffres le
montant dont il s'agit.

« Nous devons en dire autant de cette existence nouvelle que la religion découvre à
l'homme au-delà du tombeau, de cette
immortalité qui doit punir le crime et
consoler l'innocence.

« L'homme est immortel, non pas éternel ;
l'éternité qui l'attend n'est qu'une durée qui
croît continuellement au-delà de toute limite
assignable. »

Je suis fort surpris de constater chez le
professeur Haeckel d'odieuses attaques contre
la religion chrétienne. Ces moyens, qui en

France seraient une basse flatterie à l'adresse
du pouvoir, sont indignes de lui et de son
talent, aussi je me permets simplement de
lui mettre sous les yeux une page de Ranke
commentée par un homme dont les gens
de bien pleureront toujours la perte, de
Macaulay.

« Il n'y a, et il n'y a jamais eu sur la terre,
aucun monument de la politique humaine
aussi digne d'un sérieux examen que l'Église
catholique romaine. L'histoire de cette Église
relie entre eux les grands âges de la civilisa-
tion humaine. Il ne subsiste aucune autre
institution qui reporte l'esprit aux temps où
la fumée des sacrifices s'élevait du Panthéon,
et où les tigres et les léopards bondissaient
dans l'amphithéâtre de Flavien. Les maisons

royales les plus fières de leur origine ne sont
que d'hier lorsqu'on les compare à la succession des souverains pontifes. Nous pouvons suivre cette succession sans interrup-
tion, depuis le pape qui couronna Napoléon
au dix-neuvième siècle jusqu'au pape qui
couronna Pépin au huitième siècle, et cette
dynastie remonte bien au delà du règne de
Pépin, et va se perdre dans le demi-jour de
la fable. La république de Venise vient après
la papauté, en fait d'antiquité. Mais la république de Venise était moderne en comparaison de la papauté; la république de Venise a disparu et la papauté subsiste. La papauté subsiste, non à l'état de décadence, non
à l'état d'antique, mais pleine de vie, de force
et de jeunesse. L'Église catholique envoie

encore aux extrémités les plus reculées du globe des missionnaires aussi zélés que ceux qui abordèrent dans le Kent avec Augustin ; elle tient encore tête à ses ennemis couronnés avec la même vigueur qu'elle déployait en tenant tête à Attila. Le nombre de ses enfants est plus grand qu'il ne l'a jamais été. Ses acquisitions dans le nouveau monde compensent et bien au delà ce qu'elle a perdu dans l'ancien. Son autorité spirituelle s'étend sur les vastes contrées qui se trouvent entre les plaines du Missouri et le cap Horn, contrées qui d'ici à cent ans renfermeront probablement une population aussi considérable que celle qui habite aujourd'hui l'Europe. Les membres de sa communion ne sont certainement pas moins de cent cinquante millions, et il serait difficile d'établir que toutes les autres sectes chrétiennes réunies s'élèvent à cent vingt millions. Je ne vois aucun signe qui indique le terme prochain de sa longue domination. Elle a vu le commencement de tous les gouvernements et de tous les établissements ecclésiastiques qui existent aujourd'hui dans le monde, et je ne suis pas convaincu qu'elle ne soit pas destinée à en voir la fin. Elle était grande et respectée avant que les Francs aient passé le Rhin, quand l'éloquence grecque fleurissait encore à Antioche, quand on adorait encore les idoles dans le temple de la Mecque; et elle conservera peut-être encore toute sa vigueur première lorsque je ne sais quel voyageur de la Nouvelle-Zélande viendra, au milieu d'une vaste solitude, se placer sur une arche brisée du Pont de Londres pour esquisser les ruines de Saint-Paul. »

Tant qu'au reproche adressé à la science de venir en aide à la démocratie socialiste, il ne tient pas debout. Ce sont deux ordres d'idées différents. La science recherche la vérité philosophique, et la démocratie recherche la vérité politique. Afin d'élargir un peu le débat on devrait suivre le conseil si sage de Spencer.

Les savants et les hommes d'État, malgré leurs divergences, combattent pour la même bannière : l'amélioration de la condition humaine. Quand il se forme des dissidences, il faudrait avoir le courage, au lieu d'invectiver les adversaires, de juger à leur point de vue;

on pourrait ainsi se faire une opinion plus équitable.

Quand la démocratie est la démocratie, c'est-à-dire le gouvernement sage du peuple par le peuple, il n'y a rien à dire, le démocrate peut aussi bien qu'un autre membre de la société tenir le gouvernail. Malheureusement la démocratie tourne souvent à la démagogie et alors on ne saurait trop flétrir cette forme de gouvernement qui mène la nation à la ruine. Les monarques en gouvernant n'ont rien promis au peuple; tandis que les démagogues mentent effrontément pour conquérir le pouvoir, corrompent les générations, et commettent au nom de la liberté les plus scandaleux abus. Un gouvernement démocratique doit faire mieux à tout point de vue qu'un gouvernement monarchique, ou il est inutile de changer.

Ce que je blâme d'une manière générale, ce n'est pas l'usage de la liberté humaine, c'est l'abus. Malheureusement il en est toujours de même ; aussi doit-on s'élever avec violence contre ceux qui n'écoutent pas la voix de la conscience. Ce que je blâme, ce n'est pas tel ou tel homme, ce sont les erreurs par lesquelles l'homme abusé se déshonore lui-même. Ce que je blâme, c'est le mandataire du peuple qui trahit ses devoirs, c'est l'homme d'État ou plutôt l'entremetteur d'infâmes traités qui sacrifie l'intérêt de sa patrie, c'est le ministre homme abject ou brute avinée, qui cherche les applaudissements d'une vile populace et qui flatte les plus mauvaises passions pour conserver un pouvoir éphémère ; ce que je méprise et ce que je combats, c'est le magistrat à l'âme de boue qui traîne son hermine devant un pouvoir de boue, et qui trouve tellement naturel d'être dans la fange qu'il ne peut pas comprendre que tout le monde n'y soit pas ; ce que je combats, c'est le marchand malhonnête qui, sous le couvert des habitudes du commerce, pratique systématiquement la fraude et le vol, le chef d'État qui par lâcheté sacrifie des innocents par ordre de brutes en délire, voilà ce que tout honnête homme doit combattre sans trêve ni merci.

Les hommes politiques parlent constamment de vérité et s'imaginent, parce qu'ils sont un certain nombre à délibérer, que la vérité doive fatalement en sortir. Erreur profonde. Pourquoi la vérité serait-elle mieux prouvée par le vote de la majorité que par celui de la minorité? Combien de fois n'est-il pas arrivé qu'un homme a eu raison seul contre tous. C'est l'histoire de Galilée, de Colomb, de Magellan et de toutes les grandes découvertes.

La science, comme l'écrit fort bien Draper, demande seulement le droit, qu'elle accorde volontiers aux autres, de choisir son propre critérium.

Si elle a une suprême indifférence pour le vote des majorités en tant que moyen d'arriver au vrai, si elle laisse au temps le soin de faire justice des prétentions de l'homme à l'infaillibilité, la science ne reste pas moins froidement impassible devant ses propres doctrines que devant celle des autres. Elle abandonnerait sans hésiter le principe de la gravitation ou la théorie des ondulations, si elle venait à s'apercevoir que les faits leur sont contraires. Son livre inspiré, c'est le livre de la nature dont les pages sont ouvertes devant tous.

Elle affronte tout et tous et n'a pas besoin de sociétés secrètes pour se répandre. Infinie dans son objet et dans sa durée, l'ambition et le fanatisme n'ont rien à voir avec elle. Les œuvres sur la terre sont tout ce qu'on a fait de grand et de beau, son livre dans les cieux sont les soleils et les mondes.

Me plaçant au point de vue des lois de l'histoire et de la succession des phénoménes, je vois dans l'avènement des démocraties à l'hégémonie une loi en vertu de laquelle chaque classe de la nation doit être appelée à son tour afin de voir ce qu'elle peut donner. Pour juger avec équité il faut se placer à un point de vue élevé, voir l'ensemble et pas le détail. De même que dans une machine, des rouages tournant en sens opposé peuvent produire une action commune, de même au point de vue social, des actions en apparence contraires peuvent être favorables à l'intérêt général. A considérer l'ensemble des institutions gouvernementales dans le passé, je constate ceci : avec le despotisme héréditaire il y a des chances de repos pour les hommes, il perd son âpreté en vieillissant ; avec le despotisme électif, presque jamais malheureusement, parce que chaque tyran arrivé au pouvoir n'a aucune responsabilité.

Chaque nation en évoluant suivant les circonstances externes et sa propre vitalité décrit une suite de sinusoïdes suivies d'arcs égaux au premier, suivant ses périodes d'accroissement et de déclin, vérifiant ainsi la parole de Fénelon : l'homme s'agite et Dieu le mène.

Malgré les affirmations du professeur Haeckel, le vrai, le beau et le bien ne constituent pas une religion pour un peuple. Ce savant professeur, malgré tous ses efforts pour se débarrasser des *idola specus*, subit l'influence des idées platoniciennes qui affirment que ces idées ne sont que les reflets de l'intelligence suprême.

Pour nous, fils de la Terre de France, qui n'avons pas les mêmes inspirations, suivons le sillon tracé par nos pères, l'existence du passé nous garantit la réalité du futur.

Malgré les affirmations des sophistes et des histrions, gardons la religion qui, des champs de Tolbiac à aujourd'hui, a fait notre force; continuons les glorieuses traditions de nos aïeux, imitons leur exemple, conservons toujours au fond de nos cœurs ce patrimoine d'honneur et de vertu que n'a pu entamer le temps; à ce prix nous verrons luire des jours meilleurs, et cette terre, qu'on croyait stérile, produira encore des héros.

Je pense qu'il faut juger les hommes avec impartialité, c'est le premier devoir à remplir.

Les motifs qui peuvent amener un homme politique à changer de conduite sont souvent obscurs, on voit quelquefois des hommes pauvres, comme Pitt, pratiquer le désintéressement, et des hommes riches, comme Newcastle, pratiquer la corruption, c'est même le propre d'une saine démocratie de porter au pouvoir des hommes pauvres et d'une probité reconnue.

Ces hommes doivent leur élévation à leur distinction et non à la faveur du chef de l'État.

Dans une démocratie comme la France, les études sérieuses sont complètement passées de mode. C'est l'étude qui développe les facultés intellectuelles, et ceux qui renoncent à faire progresser leur intelligence prennent l'initiative de leur propre déchéance et, par suite, du corps social.

C'est le travail qui élève l'homme, qui lui fait voir les vérités les plus précieuses, les sentiments les plus généreux, les images les plus nobles et les plus gracieuses; c'est le travail qui établit les réputations les plus pures et donne le repos de la conscience. Libre aux dégénérés d'aujourd'hui de penser autrement.

Libre à certains hommes, derniers échelons de quadrumanes, de penser autrement, ils croient suffire à tout avec de l'esprit, leur âme se fond en timidité, en mollesse et en égoïsme. Ces natures abjectes, innombrables aujourd'hui dans toutes les classes sociales, parlent de tout, surtout de ce qu'elles ne savent pas, et n'ont pas même l'art de cacher leur sottise sous un semblant de bonne humeur ou de mépris.

J'ai connu pour ma part un certain nombre de ces individus qui représentent une face de la Comédie humaine, et je n'hésite pas à dire que je préférerais coucher sur un grabat pendant une année entière, dîner dans une cave, ne posséder qu'une cravate en papier et pour bijou une épingle, plutôt que de vivre en leur société.

L'orgueil de l'ignorance est mille fois plus pénible à supporter que l'orgueil de la science. J'accorde qu'il y a des savants d'humeur difficile et morose, c'est incontestable, ce n'est qu'une minorité.

Ce petit travail n'est pas, comme on pourrait le croire, le fruit d'une misanthropie amère, et je me suis abstenu de la raillerie et du sarcasme.

En dernière analyse, je ne me sers de la plume que pour revendiquer envers et contre tous les droits de la justice et les principes d'une saine philosophie.

J'ai dit mon opinion sur les hommes nombre de fois, je n'ai pas à le réitérer ici, la vie est trop courte pour qu'on puisse perdre son temps à apprendre constamment aux ignorants l'alphabet. J'estime chacun son prix.

Il ressort des idées émises plus haut que les sociétés doivent se laisser conduire au point de vue de leurs intérêts matériels par les hommes de science qui seuls peuvent leur donner des conseils utiles. Il n'y a pas antagonisme entre la science et la religion, qui l'une et l'autre reconnaissent l'auteur d'un mystère insondable; la contradiction n'existe que pour les esprits qui, ne cultivant pas leur intelligence, se bestialisent.

La contradiction des opinions scientifiques n'est pas une cause de rejet, mais une cause d'étude plus approfondie, qu'on doit avoir le courage de faire.

C'est à la patience, c'est à la ténacité indomptable des hommes de science que la

physique d'aujourd'hui doit ses magnifiques
découvertes.

C'est à Malus, Biot, Arago, Young, Fresnel, que nous devons les résultats d'aujour-
d'hui, résultats qui confirment la théorie de
Huygens [1]; tout paraît se passer comme si
l'éther était composé de molécules inéten-

(1) Huygens et Descartes sont les pères de la physique d'aujourd'hui, les hommes de science ne sauront jamais calculer
leur dette à leur égard. Huygens était un homme universel :
outre la théorie de l'ondulation, il découvrit la loi de la double
réfraction. Cauchy, s'inspirant des travaux de Huygens, écrit ceci :
« Le point de rencontre d'un grand nombre d'ondes planes dont
les plans sont peu inclinés les uns aux autres est celui dans
lequel on suppose que la lumière puisse être perçue par l'œil.
La série des positions que ce point de rencontre prend dans
l'espace tandis que les ondes se déplacent constitue le rayon
lumineux. » Cette affirmation est démontrée par la physique
d'aujourd'hui, qui admet la superposition d'un grand nombre
d'ondes (M. Voigt). Les travaux de Fresnel, de Cauchy, et
d'Ampère, sur la réfraction, la polarisation, et la détermination

dues propres à exercer les unes sur les autres des attractions proportionnelles à leur masse et à certaines fonctions de la distance. Les équations générales du mouvement de l'éther se déduisent facilement de ce principe, et en développant ces équations on se trouve conduit à d'autres conséquences que l'observation n'avait pas indiquées, telles que l'égale densité de l'éther dans tous les milieux[1].

On peut faire remarquer avec Cauchy

des vitesses de propagation des ondes planes et les plans de polarisation des rayons lumineux sont confirmés par la physique du XXe siècle.

[1] Les opinions des physiciens sont divergentes. Fresnel regarde l'élasticité de l'éther comme constante, sa densité pouvant varier ; Neumann regarde la densité comme constante, l'élasticité étant variable. Le grand astronome Secchi admet des différences de densité.

que très souvent des lois générales ne sont pas rigoureuses, mais approchées[1].

C'est ce qui est arrivé à Kepler pour la détermination des orbites planétaires, et à Fresnel[2] dans la détermination de la surface des ondes lumineuses.

Mais la détermination d'une loi approchée est toujours un grand pas fait dans la science, d'autant plus remarquable, que l'esprit de l'homme est sujet à erreur et est facilement dupe de ses propres illusions.

(1) Tout ce qu'on peut dire (aujourd'hui où on exprime tout par des formules), c'est que l'on s'en tient aux fonctions analytiques par la raison qu'elles fournissent un degré suffisant d'approximation.

(2) Malgré certaines inexactitudes, c'est l'opinion de Fresnel qui prévaut aujourd'hui, la preuve en est que M. Woldemar Voigt considère l'équation de l'ovaloïde de Fresnel. C'est ce même savant allemand qui a donné l'expression générale de l'énergie électrique, trop longue pour être transcrite ici.

Même dans les sciences mathématiques [1]
et physiques combien de fois n'a-t-on pas vu
des théories admises par de grands géo-
mètres, rejetées comme inexactes. Ces contra-
dictions ne doivent jamais étonner l'homme
de science, qui sait que le sentier de la vérité
est étroit, qu'on n'arrive jamais qu'à une vérité approchée, au prix de mille efforts.

L'histoire de l'immortel Florentin devrait

(1) Au point de vue de la physique mathématique le phénomène de Kerr est contesté par plusieurs physiciens éminents.
— La question a été discutée à fond au point de vue théorique
par M. Pockels, en se plaçant au point de vue de la théorie
électromagnétique de la lumière.

La constante de Kerr a été calculée par M. Neculcea.

Le retard optique a alors pour expression

$$K \int_{-\infty}^{\infty} F^2 dx$$

Consulter Maxwell (*Électricité et Magnétisme*).

[51]

être présente à tous les esprits, c'est le symbole de la ténacité intellectuelle contre les préjugés d'une époque ; préjugés qu'on a exagérés dans un esprit de parti hostile à l'Église ; je le constate, car la vérité n'a rien à voir avec la servilité abjecte d'aujourd'hui et l'ignorance de la plupart des histrions qui prétendent diriger les différentes classes de la société. — Les Dominicains ont eu tort de condamner Galilée, c'est indéniable ; mais les Dominicains n'étaient pas des savants ; d'un autre côté, le grand duc de Florence prit Galilée sous sa protection du consentement des cardinaux. Les sectaires d'aujourd'hui font bien pire au nom de la liberté quand ils expulsent de leur maison des hommes qui ont le seul tort d'être religieux.

Le seul but de la science ou acquisition de connaissance, ou, si l'on préfère, pénétration des secrets de la nature, est d'améliorer la condition humaine, le reste n'est que du fatras.

Je ne me permets pas évidemment de critiquer les études magnifiques faites par la physique et la mathématique contemporaines, j'admire au contraire les grandioses développements ajoutés à la science par Fizeau et Gonnelle, Young et Forbes, Hertz et Maxwell, Hittorf et Crookes, Kerr[1] et Rœntgen, Klein[2] et Hilbert, Picard et Gour-

(1) Tout le monde sait que le phénomène de Kerr est analogue au phénomène de Zeemann.

(2) Je dois à l'extrême obligeance de M. Laugel, l'éminent traducteur des œuvres de Rieman, la connaissance des œuvres de Klein; qu'il reçoive ici mes remercîments.

sat. Je leur préfère les découvertes qui améliorent la condition humaine et facilitent à l'être son court passage sur la terre de l'exil.

Si la vie n'est qu'un songe, comme s'écrie le poëte ; si elle passe comme la roue d'un char, dit Anacréon, employons le fragment de la durée à l'amélioration de nos semblables, intellectuellement et physiquement, c'est la seule consolation de l'homme de bien, de l'homme à intention droite qui cherche le bien sans récompense.

Adieu heures fugitives, adieu illusions fugaces, adieu sophismes éphémères ; je n'ai appris de vous que la connaissance de mon néant.

Les hommes qui nous gouvernent ont l'instinct du mal, ils n'en ont pas le génie,

leur tête est trop faible pour engendrer des
idées fécondes, ils n'ont même pas assez de
largeur d'esprit et de science pour admettre
l'indépendance et l'élévation de l'esprit et du
caractère. Ils ne connaissent pas les leçons
de l'histoire[1].

Ils ignorent que la science n'est pas l'apa-
nage d'un parti, mais une distinction des
esprits. Me plaçant à un point de vue plus
élevé, je ne blâme pas les inconséquences
des hommes politiques, en tant qu'elles
ne sont pas dommageables à l'intérêt du
pays, car les motifs qui peuvent amener un
homme politique à changer de conduite
peuvent être obscurs. Les différentes classes

(1) Cromwell le régicide savait reconnaître le mérite. C'est
ainsi qu'il plaça à la tête de la magistrature Hales, qui était un
partisan des Stuarts.

de la société ont été appelées chacune à leur
tour, et chacune a donné ce qu'elle pouvait
donner; voilà ce que l'homme impartial peut
constater. Mais on peut chercher à améliorer
un état social; et je revendique aujourd'hui
contre une masse indifférente, imbécile ou
égoïste, le retour aux idées saines, le respect
du travail qui seul ennoblit l'homme et
empêche sa stagnation intellectuelle et physique. — Pour obtenir cette fin, je ne me sers
pas des phrases sonores auxquelles Cicéron
demandait des consolations après la mort
de Tullie, je dis simplement ce que je pense,
à la lueur sèche de mon esprit; libre à vous
de le prendre ou de le rejeter.

Je suis la marche de mes pensées sans
m'inquiéter de faire une réponse adéquate

au discours d'Altenbourg. J'explique des choses faciles à comprendre, car je ne suis ni un stoïcien ni un académicien, mais simplement un ἰδιώτης, un homme du commun. Ce que j'appelle de mes vœux n'est pas un monde de locomotives et de machines à vapeur, car tout ce que pourraient inventer cent générations ne donnerait pas le bonheur à l'homme qui ne vit que pour l'amour de l'or.

Ce que je revendique comme tout homme qui aime sa patrie, comme l'Athénien qui aimait la ville à la couronne de violettes, c'est le droit d'une saine philosophie contre une majorité pervertie par le luxe et qui fait de l'or le but suprême de ses convoitises.

— L'abus des jouissances en bestialisant les

hommes dans toutes les classes sociales a produit ses fruits naturels de despotisme et la lâcheté.

C'est pour réagir contre ces tendances dissolutives d'une société que je demande qu'on donne à la jeunesse des idées saines qui puissent former des hommes de courage et de vertu, des êtres différents de la tourbe d'aujourd'hui, des hommes qui honorent leur race, des hommes qui aient le cœur au-dessus de l'argent et de la crainte, des hommes qui, comme leurs aïeux, puissent affronter la destinée sans pâlir, des hommes enfin qui pratiquent les vers du poëte :

Commoda praeterea patriae sibi prima putare,
Deinde parentum, tertia jam postremaque nostra.

Cannes, 1904.

Achevé d'imprimer

LE VINGT-DEUX AOUT MIL NEUF CENT QUATRE

PAR FRANCIS SIMON

SUCCESSEUR DE A. LE ROY

IMPRIMEUR BREVETÉ

A RENNES

9 782016 202579